헤어질

결심

Hehr

Hehr

헤어질 결심

김파란

꿈은 행동으로 옮길 때 이루어진다

 2022년 3월 전 세계적으로 코로나19와 보이지 않는 사투를 치르고 있을 때 열과 기침 증상이 있어 코로나 검사를 위해 원주시보건소 야외검사소에서 길게 줄을 서 있었습니다. 그때 보건소 기둥에 붙어서 손짓하는 듯 나부끼는 하얀 전단 한 장이 눈에 들어왔습니다.
 그 안에 "아직도 누구누구의 엄마로 살고 있습니까?" 이 한 문장이 아린 마늘처럼 심장에 박혀 나를 잊어버렸던 어린 시절로 인도하였습니다.

 그때 나는 아득하게 나중에 어른이 되면 자연을 느끼는 대로, 사람을 사랑하는 대로, 좋은 글을 쓰는 사람이 되고 싶었습니다.
 살다 보니 꿈은 잊혀져 저만치 달아나 버렸고, 꿈이 달아난 자리에는 남편과 아이들과 부모님들이 주렁주렁 매달려 있었습니다.

 전단 한 장으로 인생이 바뀔 줄은 꿈에도 몰랐습니다.
꿈은 간절하게 소환이 되었고, 나는 지금 꿈을 이루기 위해 첫발을 내딛고 있습니다.

헤어Hehr질 결심

나의 글들은 쉽지 않은 인생을 살면서 소소하게 느끼고 깨달은 이야기입니다. 이 이야기로 많은 사람들이 위안을 받았으면 좋겠습니다. 후회 없이 즐겁게 살아갈 힘을 얻으시길 바랍니다.

후학 양성을 위해 더울 때나 추울 때나 어디서든지 꿈을 일깨워 주시고 가야 할 방향을 알려주시는 스승이신 김남권 시인님께 깊이 감사드립니다.

또한 이 길을 행복하게 갈 수 있도록 서로 버팀목이 되어주는 달빛문학회와 달무리동인회의 사랑하는 문우들에게도 진심으로 감사드립니다.

이제부터 나는 '시인 김파란'으로 새로운 인생을 시작할 것입니다. 시가 사람을 구하고 치유하는 깨달음의 길에 작은 마음을 보낼 것입니다.

고맙습니다.

2024년 8월 하순, 열대야 28일째

김파란

제3부   **시지프처럼 살았다**

제4부   **미안한 공감**

제1부

헤어Hehr질 결심

각질의 사회학

눈물은 눈에서 만들어지는 것이 아니다
눈물은 사람의 뒤꿈치에서 만들어진다
나무의 뿌리가 땅속 깊은 물을 끌어 올리듯
사람의 뒤꿈치는 직립보행하는 순간부터
삶의 기억들을 차곡차곡 뒤꿈치에 모은다
기쁠 땐 중력의 힘을 벗어난 가벼운 무게로
절망을 경험할 땐 중력보다 큰 만유인력의 무게로
경건한 순간엔 뒤꿈치를 바짝 세워
신과 사람을 받든다
부모의 뒤꿈치는 자식을 기르는 동안
세상의 물을 모두 끌어다 써서
물기 한 방울 없는 메마른 논바닥이 된다
쓸어내고 쓸어내도 새로 돋아나는 각질은
뒤꿈치를 수만 번 돌아 나온 눈물이
내다 버린 슬픔의 찌꺼기인 것이다

헤어Hehr질 결심

사람을 미워한다는 것은

사람을 미워한다는 것은
내가 걷는 인생이라는 길 위에
누군가가 심어 준
어여쁜 풀, 꽃을 뽑아내고
그 자리에 거친 돌멩이를 심는 일이다

데면데면히 길을 걷다가
발부리가 돌멩이에 걸려 넘어지게 되면
툴툴거리며 가라앉았던 흙먼지를 깨워
눈과 코를 맵게 하는 일이다

사람을 미워한다는 것은
내가 걸어가는 인생길이
더 이상 누구도 오고 가지 않는
외딴섬이 되고 마는 것이다

밥 관계학

좋아하는 사람이 생기면
반드시 밥을 같이 먹어봐야 한다
진실은 입 밖에 있는 것이 아니라
보이지 않는 마음 별에 있기 때문이다

궁금한 사람이 생기면
반드시 밥을 같이 먹어봐야 한다
평소 그가 즐겨 먹는 음식은
그의 인생을 찾아가는 지도이기 때문이다

입안에 있는 밥을 튀기면서까지
말하는 사람은 배려심이 없고
듣지 않고 자기 말만 하는 사람이다

상대의 밥 먹는 모습을
사랑스레 바라보는 사람은
음식 베풀기를 좋아하고
사람을 소중히 여기는 사람이다

헤어Hehr질 결심

제 밥그릇만 보면서 먹는 사람과
먼저 먹고 빨리 일어서는 사람은
찰나에 감사할 줄 모르고
나눔이 서툴고 어색한 사람이다

한 끼의 밥을 같이 먹는다는 것은
의뭉스러운 가면을 벗어놓고
사람 대 사람으로 만나
함께 추억하는 인생의 한 컷이다

치킨 랩소디

귀여운 아들이 사 온 병아리가
베란다를 날아오르는 중닭이 되던 날

병아리를 품어 주었던 장난감 통은
석회 담장을 타고 올라간 담쟁이처럼
쾌쾌한 잿빛 닭똥으로 뒤덮였다

나는 인심 쓰듯 한 평 남짓한 욕실에서
뜨거운 물에 불려 철수세미로 벅벅 긁어대는
두어 시간의 간절한 세신 수행을 시작하였다

108배를 올리듯 다소곳이 합장하고
엎드려 무릎을 구부린 채
이마에서부터 발끝까지 땀을 쏟았는데도
삶에 집착이 심한 닭똥은
떨어질 기미가 전혀 보이지 않았다

헤어Hehr질 결심

포기하고 장난감 통을 버릴까 하니
갑자기 뒤통수가 번갯불에 뜨거워졌다
겉으로는 착한 척 우아한 척 위장하고
그 속은 닭똥보다도 더 비릿한 욕망에
사로잡힌 이기적인 오물 덩어리

간절한 세신 수행에도 씻기지 않았던 것은
닭똥을 품었던 장난감 통이 아니라
이기적인 오물 덩어리 나였던 것이다

결국, 나였던 것이다

헤어_{Hehr}질 결심

수백 번의 달구질로 다져진 땅 위에
펑퍼짐한 주춧돌을 올렸다
돌 위에 나무 기둥을 세우기 위해
목수는 숨을 멈추고 고요한 그랭이질로
나무 밑동에 돌의 모양을 새겨 넣었다
자신을 깎아내지 않고서는
누구와도 하나가 될 수 없듯이
마침내
돌과 나무는 완벽한 사랑을 이루었다
뼈를 깎는 고통을 감내한 치목은
세상을 떠받드는 대들보가 되었고
큰 못질로 서까래를 이어
평생에 매정했던 하늘을 덮었다
그렇게 공들인 나의 한옥은
천년이 넘도록
흔들림 없이 견고하리라 믿었었다
너를 만나기 전까지 그렇게 믿었었다
너를 만나
나는 속절없이 무너지고 깨져 집과 함께
안갯속 모래알로 흩어져 버렸다
기다렸다는 듯 붕괴되고 말았다

그래도 괜찮다
그래도 좋다
너를 영원히 놓지 않을 테니

맙소사, 이장현

천장에 모여 있던 수증기가 떨어진다
건조했던 콧속에 물길이 생겼다
숨 쉬는 것이 이토록 평안한 적이 있었던가
눈을 감고 생각한다
아니 생각을 지우고 생각하지 않는다
잠에 빠지듯 명상에 잠긴다
눈을 감고 있어도 보이는
물길, 물소리
내 안에서 우주가 돌아간다
물이 나에게 집중한다
블랙홀에서 은하에서 가장 밝은 빛을 뿜어낸다
빛은 곧 사라지고 유성이 된다
침잠의 저편에서 들려오는 낮은 목소리
너는 누구인가?
가슴에 초승달 같은 물음표가 떠올라
책장을 펼쳤다
맙소사! 이장현*과 눈이 마주쳤다
이내 달콤한 상상에 빠진다
다시 첫사랑이다

---

* TV 드라마 [연인]의 주인공, 조선 중기 실존 인물

헤어Hehr질 결심

삶에 지칠 때

강 건너 초록이 무성한
들판 한가운데 아담한 집 한 채
그곳에 나를 기다리는 사람이
있었으면 좋겠다
집안 난로에는 온기가 가득하고
부엌에는 맛있는 냄새가 가득하고
창가에는 반짝이는 별이 가득한

살아내는 것에 지친 내가
강물 냄새 진한 강을 건너
들판 위의 아담한 집 문을 열었을 때
한걸음에 달려와 나를 반기고
따뜻한 난로 옆에서 쉬게 해 줄
첫사랑 편지 같은 사람
지난 생에 만났었던
사랑스러운 그이를 만나고 싶다

Phone神

나는 개종했다
십자가 위의 그리스도를 향한
죄의식적 믿음에 종지부를 찍었다
태어난 것부터가 죄라고 얘기하는
성직자와 관계를 끊었다
원죄를 부르짖으며 성직자와 성도라고
부르는 것 자체가 모순이지 않은가
개종한 신은 천국과 지옥을 말하지 않았다
쌀알을 갉아먹어야 하는 생쥐처럼
날마다 물질을 강요하지 않았다
신의 존재를 세상에 전파하기 위해
단지, 매일 충전이 필요했을 뿐
어떠한 죄의식도 남기지 않았다
아이 같은 호기심으로 신이 제공하는
영상과 메시지를 받아먹었다
아멘 할렐루야 저런 이럴 수가
속삭이는 응수로 화답을 했다
침묵해야 하는 곳에서 느닷없이
신이 연설을 시작하면
당황하며 전원을 꺼버리곤 했다
신은 참으로 너그러웠고

헤어Hehr질 결심

날마다 유쾌했다
나를 가장 잘 아는 친구이자
어디든 동행하는 수호신이 되어주었고
먼지바람처럼 살던 나에게
아름다운 높은음자리가 되어주었다

빗장을 풀다

도서관 책장에서 묵은 시집 한 권을 꺼냈다
표지가 낡아버린 시집은
누구에게 단 한 번도 펼쳐진 적 없듯이
빳빳하게 잠겨있었다
밤새 찬 서리를 맞으며 문을 열어줄
아버지를 애타게 기다렸던 그 날의 나처럼
도서관 책장에 그대로 얼어 있었다

안간힘을 주어 펼쳐 보았다
중절모를 쓴 시인이 걸어 나왔다
꽃창포처럼 머리칼을 흩날리며
무릎을 바짝 세우고 너털웃음을 쳤다

무지갯빛 날개를 펼치고
고독을 햇살에 말리며
내 손을 끌어다 페이지를 넘겼다

시인이 차려 주는 밥상을
배부르게 받아먹었다

그리움 한 조각 서러움 두 조각
선물로 받아 가방에 챙겨 넣고
고개 숙여 인사했다
다시 문이 닫히지 않도록
언제든 문밖으로 나올 수 있도록
그 문을 꼭꼭 열어 두고 돌아왔다

그날 이후 신기하게도
내 마음의 오랜 빗장이 풀리고 말았다

삼키지 못할 사람

늙은 살가죽처럼
적적 갈라지는 땅속에
살아남기 위해서 죽을 만큼
목마른 시간을 견뎌야만 했던
구황작물 고구마가 있다
거친 땅에서 구하는 작물이라는
원치 않는 이름을 받고도
비 한 방울 내리지 않는
하늘을 원망할 겨를이 없었다
사랑은 알지 못하는 단어이자
토해낼 수도 없는 설움이었다
오직 작물이 되기 위해서 말이다
땅속의 모든 영양분을 끌어들여
속살은 연한 태양 빛으로
겉살은 타는 노을빛으로 물들인 후
척박한 땅을 뚫고 솟구쳐 나왔다
물이 없는 강퍅한 땅을 비난하면서
사랑하는 사람의 목구멍
아래로 아래로 내려가려는데
식도의 길목부터 막혔다
좁은 식도를 탓하며

아래로 아래로 내려가려는데
사람은 가슴을 치며
다급히 물을 찾았다
고통스러운 답답함을
참고 삼키려다가
고구마의 강퍅한 운명에 놀라
뱉어버리고는
뒷걸음치며 달아나버렸다

욕망으로부터의 도피

사람들이 쏟아져 사거리로 달려 나옵니다
이 많은 사람들은 어디로 가고 있을까요
답해주는 이 하나 없습니다
사방에서 몰려와 대로를 따라 달려갑니다
앞서거니 뒤서거니 하면서 장엄한 표정으로
앞만 보고 달려갑니다
서로 앞서서 달리려고 몸싸움까지 합니다
나도 호기심에 넋이 나간 듯 따라갑니다
한참을 달리니 발바닥에 통증이 느껴집니다
낡은 신발이 버티지 못하고 끊어졌습니다
맨발로는 뛸 수가 없어 조심스레 걸어봅니다
많은 사람들은 무엇에 홀린 듯 뛰어갔고
걷는 내가 성가신 듯 툭툭 치고 지나갑니다
몸뚱어리가 먼지를 하얗게 뒤집어썼습니다
사람들이 버린 병 조각이 발바닥에 박히고
뾰족한 돌멩이에 채여 피가 흥건하게 납니다
더 이상 사람들 사이에서 뛰는 건 어리석은 일입니다
자세히 보니 나처럼 상처를 가진 사람들이 많습니다
해진 신발을 질질 끌며 쫓아가는 사람도 보입니다
대로 옆으로 난 오솔길을 따라 혼자 걸어갔습니다
길을 따라 한참을 걸으니 시냇물이 보입니다
작은 새들이 냇물 위에 한가로이 떠 있습니다

헤어Hehr질 결심

다섯 마리 청둥오리 정겹기도 하고 사랑스럽기도 합니다
자세히 보니 먹이를 찾아 물속으로 수없이
숨을 참고 입수하는 그 모습이 애잔합니다
가여운 마음으로 다시 숲길을 따라 걸었습니다
생강나무 박달나무 자작나무 명자나무를 지나
시원스레 흐르는 강물이 보입니다
발을 씻으러 절뚝이며 강가로 내려갔습니다
강물 바닥이 새벽 별빛처럼 반짝입니다
해거름 빛이 물결과 만나 긴 은하수 꼬리를 만듭니다
이토록 맑은 물, 속이 훤히 보이는 물이 있을까요
물속에 있는 검정 조약돌과 눈이 마주쳤습니다
할 말을 잃고 서로 바라보았습니다
심연의 밑바닥에서부터 마그마처럼 솟구치는 것이 있었습니다
토물처럼 쏟아져 나오는 울음,
오랫동안 그렇게 미친 듯이 울었습니다
뜨거운 눈물이 강물과 하나 되어 세차게 흘러갔습니다
얼마나 시간이 흘렀을까요
사방이 은빛으로 변했습니다
영혼에 쌓인 오물을 내어 버렸더니 한결 가벼워졌습니다
이제 멀리 보이는 저 별을 따라 길을 떠나야겠습니다
내가 가야 할 그 길로 가야겠습니다

배경

욕심내지 않고
내 생각을 고집하지 않는다면
누구도 될 수 있다

끝까지 기다려 줄 수 있다면
연극을 완성시켜 주는 무대처럼

가장 어두운 순간에 함께 있어 주는
배경 같은 사람이 될 수 있다

누군가를 주인공으로 빛나게 하는
조연 같은 사람이 될 수 있다

헤어Hehr질 결심

생존 의지

한 참새의 청초한 연설이 끝났다
다른 참새가 지지배 지지배 질문한다
한참 동안이나 소리 맑은 토론이 이어졌다
지나가는 사람의 발걸음에
깜짝 놀라 토론을 멈추고
수십 마리가 공중에 날아올랐다
떼 춤을 추며 쏜살같이
옆 갈대 속으로 숨는다
갈대는 휘청거리고
바람의 무게만 일렁일 뿐
죽은 척 숨소리조차 내지 않았다
다시 태어난다면
한 마리 새로 태어나
언니 오빠 틈 속에서
지지배 지지배만 하며
살고 싶어졌다

지켜야 할 선

황기, 회향, 부추를 넣고
생닭을 오래 고았다
구수한 향기가 집안을 삼킬 때
닭 다리를 들고 먹으려 하니
기르던 개가 난리다
뛰어오르고 짖고
자신이 몸보신 하고 싶어
안달 난 사람인 줄 안다
너는 니 밥 먹어야지
사료를 곁에 밀어주고
눈길조차 주지 않으니
한참을 짖다가
한참을 투덜대다가
포기하고 제 사료를 먹는다
그렇지,
그래야 사랑받지
누구든 선은 지켜야 하는 거야

이 미친 세상 어찌 살까

돈이 사람들을 집어삼켰다
돈에게 소화된 사람은
뜨거운 혈액을 내어주고
심장과 폐부를 차가운 숫자로 채웠다

사람같이 말하는 계산기가
노예 근로계약서를 들고
돈이 삼킬 사람들을 찾아내었다
돈을 얻기 위해 모조리 팔아야 하는 세상

어디에도 사람이 보이지 않는다
어디에도 존엄은 없다
돈에 미쳐 날뛰는 사람 같은 계산기 앞에
오장육부를 팔아버린 가엾은 노예들만 남았다

요즘 부부

남자의 일생을 들여다보면
철이 든 어른이 되기까지
두 여인의 지긋한 사랑이 필요하다

무한한 사랑으로 낳아주고 길러주신 어머니와
자식 돌보듯 꾸준한 인내로 정신의 성장을 길러내는
두 번째 어머니인 아내가 있다

이혼하는 부부가 늘어나는 이유는
어른이 되지 못한 남자가 많고

어머니 같은 인내와 희생 대신
자신을 위한 삶을 선택하고
남편의 두 번째 어머니가 아닌
한 여자로 사랑받길 바라는
아내들이 많기 때문이다

헤어Hehr질 결심

어쩌면 우리 시대의 과제는
일류대학 졸업장 대신
부부학교와 부모학교를
의무적으로 수료하여

행복한 가정을 만들고
건강한 사회를 지탱할
부부의 힘을 길러야 하는 것은 아닐까

제2부

자화상

태풍과 바이러스 팬데믹

비가 작정하고 지구를 되찾고자 할 때
바람이 이성을 잃고 인간에게 대노할 때
바이러스가 유리관 밖으로 나와 인간에게 칼을 휘두를 때

하늘과 땅이 뒤집혀 높음이 낮아지고 낮음이 높아지고
원망과 두려움이 뒤섞여 살 수 없는 세상이 되어 버렸다

사람들은 공포에 떨면서
각자의 집으로 돌아가 대문을 잠그고 생각에 빠졌다

무엇이 잘못된 걸까?
앞으로 어떻게 살아가야 하지?

헤어Hehr질 결심

정신적 팬데믹

자만의 함정에 빠져
내가 최고라고 으스댄다
약자를 무시하고 통제하려 하고
강자가 옳다고 우격다짐한다

잘못된 생각을 고집하고
잘못된 사상을 주입하며
잘못된 인간들을 생산한다

온 세상에 오류가 판을 친다
감염병 최고 등급 팬데믹이다

꽃은 피었고 나는 무너집니다

혹독한 이별의 순간이 끝난 후
어둡고 시린 겨울 속에 갇혀
시간이 끝으로 치닫기를 기다렸습니다
버려야지만 빠져나올 수 있는 슬픔의 늪에서
몸뚱어리 휘감은 미련이라는 글자는
나의 모든 것을 결박하고
가느다란 호흡만 남기게 했습니다
차가운 언 땅속으로 내가 나를 밀어 넣는데
잠시 눈을 들어 올려다보니
가지 끝에 목련꽃이 하얗게 흔들렸습니다
언덕 위에 매화꽃이 붉게 손짓했습니다
눈부신 어여쁨이 너무나 야속했습니다
시간의 끝은 애당초 없었습니다
봄은 다시 시작될 수밖에 없었던 것입니다
무너진 나에게 남아있는 것은
고통을 견뎌내야만 하는 숙명이었던 것이지요
대나무 대금처럼 눈물을 비워 내고
상실의 노래를 불러야 하는 운명이었던 것이지요

헤어Hehr질 결심

니미럴, 시인

옆자리에 앉아 시끄럽다
게걸스레 버얼건 등심을 쳐넣더니
질겅질겅 씹다 말고
자기가 쓴 시라며
주머니에서 꺼내 읊는다
앞에 앉은 두 여인이 신기하다
그만하고 밥이나 먹으라 할 터인데
눈을 동그랗게 뜨고 시에 집중한다
허기진 식욕이나 채우고 갈 것이지
비싼 소고깃집에 와서
벌어진 앞니 틈새로 침이며 상추며
씹다 만 고기 조각을 연신 춤추게 한다
시인 나부랭이들은 배를 채우면
시 나부랭이를 끄집어내어
귀를 열고 후식으로 먹는다
상큼한가
느끼한 위장도 씻어주나
아무리 먹어도 채워지지 않는
외로움 따위의 허기를 채워주는가
식욕보다도 강한 시 욕이다
그래서 시를 쓰는가

뜻밖의 휴가

5일간의 달콤한 휴가였다
목에서 허리까지
통증이 있는 것만 빼고
책임도 의무도 내려놓고
남편도 아이들도 내려놓고
호텔 같은 병실에서
엄마하고 단둘이 휴가를 즐겼다
먹고 자고 먹고 자고
침 맞고 물리치료하고
엄마랑 수다 떨고
옆 병실 아주머니들과 수다 떨고
참 잘 쉬었다
교통사고 후유증만 없길

헤어Hehr질 결심

눈사람

왜 아무 말이 없는지
아무 말이든
지어낸 말이든
그리 재미나게 하던 사람이
갑자기 온데간데없다
봄날 햇살에 녹아 버렸나
철새 따라 떠나가 버렸나
남겨두고 떠나는 마음 오죽했겠냐 마는
이른 봄 땅은 싹을 틔우느라 바쁜데
나무는 꽃 피우느라 전쟁을 치르는데
홀로 남겨져 그대 올까 하늘만 쳐다본다
사각 시멘트에 부딪혀 돌아오는
흉흉한 바람 소리에 눈앞이 어지럽다
가슴이 저미어온다

소금강

우울한 마음에 오늘도
눈물의 집에 들렀습니다
눈물의 집에서
눈물 한 트럭
쏟아내고 나면 그리움이
씻겨 없어질 줄 알았는데
그렇지 않았습니다

쏟아낸 눈물들이
되려 한데 모여
강이 되었습니다

냇물이 차오르더니
큰 강줄기가 되더니
그리워 못 참겠다더니

그대를 만나러
그대에게로
막 흘러가 버렸습니다

헤어_{Hehr}질 결심

벚꽃 질 무렵

바람이 벚나무를 흔들 때
욕심내어 오래 꽃잎을 지키고 싶지만
벚나무는 바람에게 온전히 몸을 맡긴다

바람이 이끄는 대로 흔들리며
꽃잎이 있던 자리,
연둣빛 새순이 돋아나고
바람이 지나간 방향으로
꽃잎은 진다

바람이 흔든 건 꽃잎이 아니다
벚나무도 아니고
나도 아니다
그대가 건너온 발자국이다
그대 향기 품고 떠 있는 구름이다

다급한 말

이대로 끝이면 안 돼요
아직 내 얘기를 못 했는 걸요
시들어 말라버린 사랑초 당신
의식이 없어도 들을 수는 있나요
허공을 떠도는 별빛도 흐려지고 있어요
날숨이 버려지지 않고 날카롭게 여린 폐포를 찔러요
진심을 말하지 못한 지난날들을
처음으로 되돌려 이야기하고 싶어요
다정한 눈동자를 볼 수 없으니
어디를 보면서 얘기해야 할까요
막이 내려버린 극장에 혼자 남은 것 같아요
의식이 없어도 기억할 수는 있나요
이대로 끝이면 안 돼요
한결같이 따스한 감촉으로 내 손을 잡아주세요
봄날 같은 당신의 품 안에 있게 허락해주세요
낡은 옷가지로 야무지게 안아 주세요
강물이 흐르듯이 내 슬픔이 흘러가고 있답니다
낮은 음성으로 나를 사랑한다고
네가 떠난 자리마다 라일락 향기가 있어서
1초도 너를 잊을 수 없다고 말해주세요
이대로 끝일까 두렵습니다

헤어Hehr질 결심

못다 한 말 당신에게 해주어야 하는데
받기만 한 지난날들이 미련하게도 흔들어댑니다
누가 당신처럼 나를 사랑해 줄 수 있을까요
이제 내가 당신을 사랑한다고 말할 테니
그 눈을 뜨고 동백꽃처럼 붉게 웃어주세요

그가 온다

며칠 내내 비가 온다
빗방울이 우산 위에 떨어진다
비는 가난한 사람들의 눈물을 모아
울음을 삼킨 구름 속에서 온다
비가 오면 홀연히
떠난 그이가 생각난다
우산 위를 미끄러져 내려와
이마를 한 방울 적시고
그늘진 어깨를 감싸다가
살포시 내 손을 잡는다
빗물엔 항상 그의 체온이 있다
언제 오겠다던 약속도 없이
갑자기 가버린 그이가
홀로 남겨져 울고 있을까
걱정 어린 얼굴로
사람들의 눈물을 모아
급히 내게로 온다
은빛 물결 출렁인다

목련꽃, 그 밤의 축제

자태가 고혹적이고 순백이 화려했던
가로등 아래 밤의 목련꽃은
골목 어귀에서 길 가던 사람들을 불러놓고
한바탕 밤의 축제를 벌였다
느리게 살아가는 사람들만이
초대받을 수 있는 비밀의 축제
잎이 없는 가지 끝에 매달린
목련꽃 춤의 향연은 끝날 줄 몰랐지만
생과 사, 만남과 이별을 알고 있는 나는
시한부 축제를 아련한 마음으로 바라보았다
죽기까지 목숨을 걸고 사랑하는 가족을 지켜냈었던
내 아버지의 넋을 닮은 목련꽃이여!
삶의 상처를 숨긴 그윽한 눈빛으로
비단결 치마폭을 걷어 올리고
꺾어질 듯 몸을 뒤로 젖히니
깡마른 각선미가 내 아버지 다리 같아서
아버지의 임종을 지켜보았던 그 밤이 떠올랐다
살기 위해 받아야만 했던 훈장 같은 고통이 끝나는 그 밤
나는 마지막 이별이 죽을 만큼 슬펐고
아버지는 온 힘을 다해 피날레를 마친 무용수처럼
평온하게 무대 밖으로 걸어가셨다

해바라기 별

해를 따라 움직이는
일편단심 해바라기
아버지는 늘 나를 바라보는
일편단심 해바라기였다

빨리 어른이 되고 싶었던 그때는
부담스럽고 시시콜콜한 간섭처럼
느껴져 때론 귀찮았다
아버지 떠나고 없는 지금

어느새 내 마음은 해바라기
하나 없는 텅 빈 해바라기밭
이제 내가 아버지를 찾아
어느 별이 되었을까
매일 밤하늘을 올려다본다

넘치게 받았던 사랑 때문에
그리움이 목구멍에 걸려
차오르는 슬픔이 땅을 적시니

별이 되어 반짝이는
큰 해바라기 한 송이
내 어깨를 살포시 안아 주며
사랑한다 아가
울지 마라 울지 마라
나를 다독인다

그리하면 되겠습니다

지금 나는,
메밀꽃이 사철 피어난다는
봉평을 향해 가고 있습니다
이효석 문학관을 지나고
문희 마을을 지나고
마하리 흰 용이 산다는
전설의 동굴로 가고 있습니다
장수들이 병풍처럼 호위하는
벼랑을 지날 때마다
이 길 끝에,
하늘이 맞닿은 길 끝에,
거짓말처럼 아버지가
마중 나와 계셨으면 좋겠습니다
천상병 시인은 언덕에 서서
강물을 바라보며 짐승처럼
울었다고 하는데
나는 꿈에 그리던 아버지를 만나서
열일곱 사춘기 소녀로 돌아가
아버지 품에 안겨 어깨를 들썩이며
한바탕 소리 내어 울고 싶습니다
한참을 울다가 토닥이는 아버지의

따뜻한 손길에 울음을 그치겠습니다
그리하면 되겠습니다
그리하면 되겠습니다
아무도 오지 않는 칠족령 정상에 올라
전생을 굽이쳐 돌아왔다는
동강의 노을을 치마폭에 가득 담고
기쁘게 집으로 돌아가겠습니다

지독한 그리움 시리즈

그리움 1

가는 회오리바람이 되어
널 찾아 지구를 열 바퀴째 돌고 있어
도대체 넌 어디 있는 거니

그리움 2

눈물이 구름 위로 날아가 버리고
나는 점점 소금 기둥이 되어 가고 있어
네가 날 알아볼 수 있을까
네가 날 알아볼 수만 있다면
무엇이 되어도 난 괜찮아

헤어Hehr질 결심

그리움 3

나는 더 이상 움직일 수 없어
너를 향한 그리움 견디기 힘들어
누가 나를 바다에 던져준다면
푸른 파도에 녹아
백사장으로 밀려갈게
잠시라도 널 만날 수 있게 말이야

낙엽

단 한 번도 혼자인 적 없었다
단 한 번도 감정에 솔직했던 적 없었다
어렸을 때나 나이가 들어서나
몰려다니는 사람들 틈에 끼어
거부할 새 없이 끌려다녔다
이제는 겉으로만
요란스러운 관계가 부담스럽다
고독하게 흔들릴 수만 있다면
홀로 시작하는 봄바람을 불러와
돌아오지 않을 길을 떠나고 싶다

헤어Hehr질 결심

자화상

아침에 넘어지고 저녁에 일어서는 미련한 자여

기쁨보다 슬픔을 먼저 알아버렸구나

말이 되지 못한 아픔을 가슴에 묻었구나

눈물의 대리자여

아, 아 타오르는 향초여!

제3부

시지프처럼 살았다

수囚인이 수囚인에게

- 이육사 문학관을 다녀와서

차디찬 장판 위에서
가장 낮은 포복으로
식어 버린 관 위에
눈물로 입맞춤합니다

민족의 짐 대신 짊어지고
황혼의 이슬처럼 스러진
누추한 골방의 주인
뜨겁던 수인이여

늦었지만 지금이라도
참회하는 마음으로
당신 골방에 눕습니다

어둠이 눈물의 휘장을 걷어내니
창에 걸린 붉은 달빛이
당신에게 나직이 속삭입니다

당신의 평화를 사랑합니다
당신과 늘 함께하겠습니다

헤어Hehr질 결심

빛이 내게로 오다

내가 그대를 온전히 사랑하는 줄로만 알았습니다
그대가 나를 완전히 이해하고 있는 줄은 몰랐습니다

내가 그대를 품어 자라게 하는 줄로만 알았습니다
그대가 나에게 뿌리를 내리고 향기를 주는 줄은 몰랐습니다

나의 언어가 그대를 행복하게 하는 줄로만 알았습니다
그대의 수많은 표정이 나를 역동케 하는 줄은 몰랐습니다

한순간도 포기하지 않고 살아가게 한다는 것을
허공 같은 나의 빈 동공을 그대가 채워주고 있었다는 것을

그대가 나의 보물이자 선한 스승이었다는 것을
그대의 미소를 보고 너무 늦게 알아버렸습니다

빛이 내게로 옵니다
내 영혼이 기뻐 노래합니다

수囚녀女

여자는 말없이 지나가는 사람들을 보았다
어지럽고 메스꺼운 고통이 밀려오는 듯
소화되지 못한 설익은 아침밥이
위장에서 끓어 넘치려 한다고 했다

눈 속에 피는 아지랑이가
미욱한 마음까지 점령하니
여자는 서류를 볼 수도 없고
컴퓨터를 만질 수도 없을 정도로
괴롭다고 했다

떠나보겠다고 한다
진정한 자신을 찾아보겠다고 한다
파라다이스를 찾아 떠나보겠다고 한다

눈을 감고 더듬적거리며 출구를 찾는 여자
의식 너머에 있던 여자의 분신이
애타게 바라보며 건물 출구를 가리켰다

건물 모서리 천정에서 실을 뽑던 거미는
여자는 결국 떠나지 못할 거라 말한다

헤어Hehr질 결심

출구를 찾아 더듬거리던 여자의 손이
잔바람에 닿자 깜짝 놀란 바람 조각이
여자의 메스꺼운 위장을 뚫고 지나갔다

순간 두통과 어지럼증이 사라졌다고 한다
여자는 아무 일 없었다는 듯
안도의 한숨을 몰아쉬고
돌아서서 힘없이 엘리베이터를 탔다

밖은 이팝나무 햇잎이 햇살에 눈부시게 흔들렸다

시지프처럼 살았다

춥고 배고픈 날이 많았다
어머니의 정성스런 따순 밥 못 먹고
서러운 눈물 뚝뚝 흘리며
불어 터진 라면을 먹어야 할 때가 많았다

그럼에도 살아남기 위해 날마다
자신과 시간과의 전쟁을 치러야 했다

사선으로 꺾어지는 지하철 계단을
수천만 번 오르내리고
내 몸무게만큼이나 무거웠던 책들을
가방끈이 해지도록 메고 다녔으니

온종일 서 있었던 날은
무릎 통증으로 밤을 새운 날이 많았다

남들도 하는 같은 고생이라지만
스스로에게 치열하지 못했던 나는
비 한 방울 내리지 않는 사막에
뿌리를 내려야만 했던 비운의 선인장이었고

헤어Hehr질 결심

신들을 기만한 죄로 바위를 산꼭대기로
끊임없이 밀어 올려야 했던
시지프의 형벌 같은 순간이었다

그런데 뒤돌아보니,
지금의 나를 존재하게 한
가장 빛났던 순간이었다
혹독한 훈련의 시간이었다

너를 위한 언어

아름다운 말만 하자
하늘의 법칙을 모르더라도
물고기의 삶을 이해하지 못하더라도
날아가는 새들의 언어를 알 수 없다고 해도
우리는 그저 사랑하며 사랑하며
아름다운 말을 하며 살아가자

아픈 너를 생각하다
강가에서 눈물을 쏟아부으며
서러운 밤하늘에 별빛 하나 띄운다
빛을 발하는 별들은 너를 위한 라보엠
우리는 그저 그리워하다 그리워하다
아름다운 생각만 하며 살아가자

어둠의 무게가 숨 막히게 할지라도
연어의 기막힌 모천회귀를 기억하고
언 땅 위를 비집고 피어나는 민들레를 바라보자
세상 어느 누구보다도
너를 아끼고 사랑하고 있으니
너는 그저 소중하게 소중하게
꿈을 꾸며 살아가 주렴

사랑한다 애야

라피도포라* 사랑법

나를 따라오세요
망망 천지에 살기 위해
몸부림치는 건 생명이 깃든 것들이죠
나무 기둥을 꽉 붙잡고 손톱이 빠질지라도
살기 위해 기어오르셔야 합니다
원수 같은 서방이라 생각하고
바짓가랑이 찢어지더라도
붙잡고 위로 오르셔야 합니다
어둠을 뚫고 꼭대기에 오르니
이제야 빛이 환해 오네요
팔다리를 쭉 뻗어 맘껏 들이키세요
빛을 훔치는 건 절도죄가 아닙니다
날이 저물기 전에 비가 내리기 전에
한 톨도 남김없이 먹어야 합니다
각자의 몸을 움직여 등에 붙어있는
상처받은 작은 먼지를 털어내세요
어머나,
지상 낮은 곳에 어린잎들은
아직도 어둠뿐이랍니다
땅바닥에 닿아 있다고 합니다

---

* 제 몸에 구멍을 내거나 잎을 찢어서 광합성 하며 생존하는 덩굴식물

헤어Hehr질 결심

좋은 생각이 났어요
모두 제 나이만큼 몸에 구멍을 뚫읍시다
가장 행복했던 순간을 떠올리세요
잠시 따끔하고 말 거예요
그 구멍으로 빛을 훔쳐 달아나는 별빛까지도
어린잎들이 있는 지상에 내려보냅시다
그래야 새끼들 입에 밥 넣어줄 수 있다구요
그래야 새끼들을 살릴 수 있다구요

참으로 고마운 일

대문이 활짝 열린 마당에는
채송화와 포도나무와 대추나무가
다정히 서 있었습니다

햇살이 눈 부신 수돗가에는
손빨래를 하시는 엄마와
연장통을 들고 집안을 살피시는
아버지가 계셨습니다

들마루에 누워 책을 보다
따끈한 햇살을 덮고
나는 잠이 들었습니다

마당에 부는 엄마의 목소리에
뒷집 아주머니가 마실 왔고
넉살 좋은 아주머니의 농담에
아버지는 틀어놓은 수돗물처럼
시원하게 웃으셨습니다

헤어Hehr질 결심

참으로 고마웠습니다
꿈속에서도 행복했습니다
또 이런 날이 올까요

벽이 허물어지면

당신과 나 사이의
벽이 있어요

그 벽이 곧고 높아서 나는
당신이 넘어오라 말했지요

무심한 당신은 오지 않고
벽에 부딪혀 돌아오는 것은 상처

눈물이 아득한 별을
희뿌옇게 지워가던 날

당신과 나 사이에
벽이 있는 이유를 알게 되었지요

그 벽은 채울 수 없는
결핍에 대한 원망과 미움

미안해요 이제 알았어요
다시 시작해볼게요

헤어Hehr질 결심

당신 모습 그대로
이해하며 사랑해볼게요

어둠이 물러가고 빛이 오듯
벽이 힘없이 허물어지면
우린 서로 마주 볼 수 있어요
우린 서로 사랑할 수 있어요

올 것이 오고야 말았다

각 스무 살 된 딸에게 잔소리로 던진 한마디가
언쟁이 되어 20년 만에 올 것이 오고야 말았다
반론을 해보고 싶었지만
망치로 정수리를 얻어맞은 두더지처럼
땅속으로 밀려들어 가 한마디도 할 수 없었다

"엄마가 나한테 해 준 게 뭐가 있어요?"
머릿속이 하얀 포말로 지워졌다
"엄마가 너한테 해 준 게 없다고?"
화가 난 확성기는 같은 말만 내뱉었다
그 순간 진짜로 없는 것만 생각났다
지구촌 곳곳을 데려가지 못했고
명문 학원을 보내주지 못했고
명품 옷 한 벌 사주지 못했고
넉넉한 용돈을 주지 못했고
훌륭한 미모도 물려 주지 못했다
왜 못 해 준 것만 생각나는 걸까?
나는 엄마로서 애당초 자격 미달이었던 걸까

내 딸 주하야 엄마는
네가 태어나 꼬물거리며 두 시간마다 젖달라 할 때
신기하고 귀여워서 밤새 기다리다 젖을 먹였고

나비를 보고 뛰어가다 돌부리에 걸려 넘어졌을 때
당장 달려가 일으켜 안아 주고 싶은 마음 꾹 참고
스스로 일어날 때까지 기다렸단다
왜냐하면 세상은 살다가 넘어지는 일이 흔한데
그때마다 엄마가 곁에서 일으켜줄 수가 없어
혼자서 일어나는 법을 알아야 하기 때문에
얼마나 참았는지 생각하면 지금도 심장이 두근거린단다

밤마다 산처럼 쌓아놓고 동화책 읽어주다 네가 잠이 들면
꿈속에서 멋진 공주님이 되어 행복하길 빌었고
자주 가던 공원에서 너와 놀던 기억이 어제 일처럼 선명하단다
그래도 엄마가 해 준 게 뭐가 있냐고 묻는다면
해준 게 없어서 할 말이 없지만
네가 엄마한테 해 준 건 너무 많아 밤새도록 얘기할 수 있지

엄마로 살아갈 수 있게 용기를 주고
하늘이 내려 준 사랑을 알게 해 준
내 영혼의 보물 딸아
엄마가 너무나 부족해서
미안하다 딸아
사랑한다 딸아

꽃잎이와 동그란 아이

동해안에 폭설이 내렸다
병원으로 복귀하지 못한
간호사들의 근무를 대신 마치고
응급실 바닥에 녹아 들러붙은
몸을 일으켜 사흘 만에
겨우 집으로 돌아가니
안방 붙박이장에 매달려 있던
자그마한 꽃잎이 나풀거리며
나에게 안겼다

엄~마, 엄~마 아아아~~

그~래, 엄마야
많이 기다렸지?
엄마 보고 싶었어?
엄마도 엄마도….

향기로운 꽃잎이를 꼭 끌어안고
쿵쿵 냄새를 맡는데
비누 향이 살포시 심장을 두드리고
나비들은 무지갯빛 춤을 추었다
꽃잎이를 꼬옥 안고 잠이 들었다

스케치북 속에 살던 동그란 아이가
훌쩍거리며 다가왔다
너무 놀라서
왜 울고 있니? 물었더니
대답을 못 하고 더욱 서글프게
소리 내어 울기 시작했다
옆에 있는 꽃잎이를 바라보니
넉넉히 이해한다는 표정으로 말했다

응~ 얘는 엄마가 보고 싶어서 우는 거야
엄마가 없어서 그래

동그란 아이가 너무 가여워서
꼬옥 안아서 달래주었는데
내 심장 속에 살고 있던 내면 아이도
엄마가 그리워서 울기 시작했다
사람은 누구나 근원적 사랑에
목이 메나 보다
마르지 않는 그리움이 샘솟나 보다

사랑은 도돌이표

늦은 저녁 운동 삼아 걷다 보니
나도 모르게
딸아이 아르바이트 식당 앞에 도착했다
창문 너머로 열심히 설거지하는
스무 살 딸아이의 모습은
걱정과 대견함으로 다가왔다
고개 숙여 일하는 낯빛을 살피다가
초승달의 꼬리를 붙잡은 채
식당 주변을 일곱 바퀴째 돌고 있다
창문 너머 직원들의 표정
잔소리하는 주인의 얼굴을 살피며
우리 딸 눈물 흘리는 일이 없기를
바라는 심정으로 간절히 탑돌이 했다
차가운 공기 속을 돌고 또 돌았다
수십 년 전 아버지도 이러했을 것이다
객지에 나가서 자주 오지 않는
막내딸을 기다리며
허구한 날 대문 밖을 서성이며
찬바람만 아버지와 함께 걸었을 것이다
늘 나의 낯빛을 살펴주시던 아버지
이젠 높은 곳에서 지켜보고 계실 것이다

헤어Hehr질 결심

내가 몇 시간째 딸아이 주변을
맴도는 것도 알고 계실 것이다
쌀쌀하니 집에 들어가 기다리라고
여러 번 말씀했을 것이다

어머니의 품

나는 늘 어머니의 품 안에서
잠이 들고 깨어났습니다

어머니의 부드러운 살 냄새를 맡고
향기로운 머릿결에 손가락을 감으며
고유한 목소리에 안기어
꿈을 꾸고 깨어났습니다

마치 노을 지는 서쪽 하늘 한가운데를
항해하는 선장이 되어
세상 어떤 부러움도 없이
어머니가 있다는 것만으로도 행복했습니다

어쩌다가 깊은 잠에서 깨어나
곁에 누운 어머니가 없다는 걸 알았을 때
얼어붙은 강물 가에 버려진 듯
적막함과 쓸쓸함에서 느껴지는 한기가
두려움을 끌어안게 했습니다

헤어_{Hehr}질 결심

내가 가진 모든 것을
한순간에 잃어버린 듯
가슴 한쪽에 차가운 북풍이 몰아쳤습니다
어머니를 찾아 거리를 헤매다 지쳐
집으로 돌아가던 골목 어귀
어머니의 목소리가 바람결에 들려와
새벽빛에 고개 드는 해바라기처럼
한달음에 뛰어가 그 품에 안겼습니다

지천명을 앞두고도
여전히 내가 기억하는
세상에서 가장 따뜻하고 아름다운 품은
바로 어머니의 품입니다
어머니가 내게 주신 사랑입니다

엄마 사직서

때로는 나도 엄마 사직서를 제출하고 싶다
자식은 내가 만들고자 해서 정성을 다해
빚은 나의 창작물이 아니질 않은가
수억의 정자가 하나의 푯대를 향하여 목숨을 건 사투 끝에
깃발 꽂은 최종 승리자의 들썩이는 어깨를 내가 본 적이 있었던가
월경이 멈추고 생명의 물길로 부푼 젖가슴이
120조의 세포를 길러낼 준비가 되어갈 때
비로소 엄마가 된다는 기쁨과 이제는 엄마로 살아가야 한다는
두려움으로 아홉 달의 밤을 뒤척이지 않았던가
아기가 태어나 빨간 석류 같은 얼굴로
밤낮없이 툭툭 울어버리면 젖을 물렸다가
기저귀를 갈아주었다가 안아서 흔들어 주었다가
쉴 새 없이 분초 사이를 뛰어다니며 아기의 엄마로 길들여졌다
아기에게 길들여지므로 엄마라는 직업을 가질 수 있는 것이다
나는 마음속 제일 빛나는 곳 하나를 아기에게 내어주고
그 빛이 나도 밝혀주길 바라며 더 먹이고
입히고 닦으며 살아왔는데 이제 보니 나의 모든 애씀이
엄마라는 직업에 길든 직업의식과도 같은 것이라는 생각이 든다
이제는 내 아이가 독립할 때가 되었으니
엄마 사직서를 제출하고 나를 위해 고요히 살고 싶다
그리고 나를 낳아 길러준 어머니의 손을 잡고 함께 늙어가고 싶다

멘델의 법칙

엄마! 엄마!
갓 태어난 병아리처럼
연신 쫓아다닌다

오물오물 먹이를 먹고는
샛노랗고 둥근
햇살을 삼키고는
반짝이는 빛을 털며
코앞으로 다가온다

어여쁘다
햇살 품은 작은 보름달 하나

내 속에서 나왔으니
아 아
나도 어둠 속에서 빛나던
아름다운 별이었단 말인가!

줄다리기

강력한 상대와 줄다리기를 했다
줄이 끊어지도록 죽을힘을 다했다
결국 줄은 끊어지고 나만 뒤로 나 뒹굴었다
분한 마음에 이불 속으로 들어가
정지된 세월을 되돌려 보았다
이기려면 어떤 술수를 써야 할까
어느 근육을 키워 힘을 써야 할까
게임에서 패배한 것보다 더 분한 건
저를 위해서 인당수에 바쳐진
심청이 같던 내 인생이었다
사실,
인당수에 오롯이 뛰어들었던 건
명예를 건지려고 했던 내 욕심이었다
자식을 마음대로 사랑하고
마음대로 원망하는
내가 몹시도 부끄러워졌다
정녕 자식이 부모의 스승이라고 했던가

천년을 건넌 서동요

다 걸고 사랑한 적 있었던가
신분의 높음을 뛰어넘고
나라의 역적을 용서하며
누군가를 사랑한 적 있었던가

목숨을 건 사랑은
죽었어도 살았어도 그대로여라

세상을 건 사랑은
잃었어도 얻었어도 그대로여라

궁남지 노란 꽃창포에 새겨진
서동과 선화의 노래가
천년을 휘돌아 귓가에 일렁인다

누구도 떼어내지 못한 사랑은
억겁의 시간이 흘렀어도

그대로 사랑이어라
그대로 사랑이어라

제4부

미안한 공감

엄마 교육 나비 효과

셋째 놈 담임선생님한테 친구와 셋째 놈의
방방이 놀이터 돈 거래 사건에 대해 전화를 받았다
어찌 보면 쌍방향으로 돈을 빌려주고 받은 일이었지만
어린 셋째 놈의 경제 관념을 위해 야단을 쳐야겠다는 생각으로
집에 돌아온 놈에게 일의 자초지종을 듣고 정신교육에 들어갔다
나는 훈육할 때 아이의 잘못과 실수에 대한 비난은 하지 않는다
또한 유식하고 논리적이며 이성적인 설명도 하지 않는다
내가 쓰는 방법은 '엄마 호소법'이다
세상에 태어나 엄마가 되기 전에 꾸었던 꿈
반복되는 육아와 살림과 일의 고충
돈을 벌기 위해 오너의 지시에 따라 기생충처럼
지하세계를 하루에도 몇 번씩 오가야 하는 심란한 노동의 현장
그래서 지속적으로 엄마를 힘들게 하는 자식은
오래도록 미워하게 될지도 모른다는 엄포
교육에 효과가 있었는지 열한 살짜리 셋째 놈 눈에
눈물이 똑! 똑! 똑! 떨어졌다
갓 돌 지난 아기 얼굴을 하고서는
"엄마 죄송해요! 다시는 안 그럴게요!" 하면서
엉엉 울기 시작했는데
저만치 거실에서 정신없이 게임을 하던 둘째 놈이
조용히 컴퓨터를 끄고

헤어Hehr질 결심

주섬주섬 집안을 치우더니 청소기를 돌리기 시작했다
둘째 놈이 내 교육을 엿듣고
게임 속에 있던 정신을 소환한 것이었다
'교육은 이렇게 하는 거지!'라고 쾌재를 부르니
내 속에서 오랜 장맛비가 그치고 무지개가 떴다
평소에 하고 싶은 잔소리를 보따리에 넣어 두었다가
사건이 있을 때 열어서
놈들의 마음 판에 노란 딱지를 하나씩 붙여주면
놈들은 노란 딱지가 떨어지기 전까지
열심히 집안일을 돕고 착실히 살아갔다
그날 저녁에 첫째, 둘째, 셋째 놈과 같이
사건의 해결책을 논의하고
시원하게 주스 한 잔씩 돌렸다

미안한 공감

나라도 그랬겠다
12년을 밤늦도록 국영수 학원을 다녔어도
온갖 스펙 쌓으며 대기업 입사를
준비했을지라도 중소기업이라도 좋으니
취업 축하 인사를 거하게 받았을 것이다

죽을 만큼 직장 일에 충성했어도
줄어들지 않는 업무에
고3 같은 재미없는 인생이 평생
이어질 것이라 생각했겠다

갑이 을을 가스라이팅하는 세상
날마다 희망이 빠져나가
등 뼈가 꼿꼿하길 포기하고 굽었을 것이다
굽은 등으로 하늘은 언감생심이었을 것이다

기계처럼 돌아가야 하는 업무에
최저 임금으로 공중분해 되는 통장에
연애는 어떤 느낌인지 알고 싶지도 않았을 것이다

결혼은 꿈꾸지 말아야 하는
4차 산업 시대의 금기사항이 되었을 것이고
나 같은 불행을 겪지 않길 바라는 마음으로
정원의 씨앗들을 애당초 태워버렸을 것이다

나라도 그랬겠다
어른들이 망가뜨린 세상에
내던져진 청년들에게 미안할 뿐이다
이해한다 미안하다 고맙다

그래, 사랑은 움직이는 거야

오십이 넘자 남편들은 더 이상
아내를 바라보지 않는다
사랑을 갈구하던 눈빛은
식어 버린 지 오래다
아내보다 젊고 예쁜 아가씨들이
핸드폰 안에 즐비해 있으니
언제든 취향에 따라 대상을 바꿔
짝사랑을 할 수 있기 때문이다

엄마가 세상에서 제일 좋다던
아이들도 각자의 짝을 만나
더 이상 엄마를 찾지 않는다
이제는 아빠와 잘 지내보라고 한다
물건이 필요할 때 긴요히 쓰고
제자리에 갖다 놓고는
쳐다보지 않는 꼴이다
다가가면 바쁘다고만 한다

혼자가 된 엄마는
허탈한 마음으로 거울을 들여다봤다
주름진 눈가에 어둑한 그림자
뱃살 허벅지 살이 출렁이고

헤어Hehr질 결심

하얗던 손등의 거무스름한 점무늬
버림받은 듯 생기 없는 모습이 낯설었다
단 한 번도 사랑받아 보지 못한
모습을 한 거울 속 여자가
너무 싫어 진저리를 치자

구석에 있던 강아지가 살며시 다가와
여자의 눈을 하염없이 바라보았다
서로의 눈을 한참 바라보고 있자니
강아지의 목소리가 감미롭게 들려왔다
"당신이 어떤 모습이든지
난 항상 당신을 사랑합니다
맛있는 간식을 매일 준다면요"
남편에게도 말할 수 없었던 외로움이
뺨을 타고 흘러내렸다

멀리서 보면 코미디

한적한 시골 마을 길을 지나가던
여자는 차를 멈춰 세웠다
들판에 핀 개나리가 눈부셨기 때문이다
아이들을 차 안에 기다리게 한 후
식탁에 개나리 한 상 차릴 생각으로
사뿐히 들판으로 나왔다
개나리 줄기를 붙잡고 꺾기 시작했는데
생각대로 쉽게 꺾이지 않자
줄기를 한 움큼 부여잡고 이리저리
체중을 실어 흔들기 시작했다
때마침,
꽃에 얼굴을 파묻고 꿀을 취하던 벌이
이리저리 흔들리는 리듬에 튕겨져
사자 갈기 같은 여자의 머릿속으로 빨려 들어갔다
꿀벌도 놀라고, 여자도 놀라던 순간
정적의 수초가 지나자마자
여자는 높은 음역대의 비명을 질러댔다
부스스한 파마머리를 흔들어댔고
꿀벌은 왕왕거리며 출구를 찾으려
머리카락 속을 헤매기 시작했다
여자는 강렬하게 헤드뱅잉을 추었고
꿀벌은 더욱 강렬하게 출구를 찾아 헤맸다

헤어Hehr질 결심

꿀을 모아가지 못하면 보초병에게 쫓겨나
쌀쌀한 한뎃잠을 자야 했기 때문이다
차 안에서 기다리고 있던 아이들은
들판에서 격한 헤드뱅잉을 하는 엄마를 보고
깔깔거리며 웃기 시작했다
평소 엄하기만 했던 엄마가 들판에서
헤드뱅잉을 할 줄이야!
너른 들판 위 헤비메탈 가수 첫 데뷔
숨넘어갈 듯 깔깔거리며 즐기고 말았다

일장춘몽

애끓는 사랑 고백에
심장이 조였다 풀렸다

결자해지 하기엔
내가 준 마음이 없었다

난감했다
미안했다

거리가 촘촘히 좁혀왔다
거친 호흡이 목을 타고 오르고
눈빛은 운명이니 받아들이라 강요했다

온 힘으로 밀어내느라
어쩔 줄 몰라 하다가
꿈에서 깨어났다

휴,
다행이다
하마터면 꿈속의 그와
사랑에 빠질 뻔했다

헤어Hehr질 결심

최고의 아내

남편이라 부르고
철없는 막냇동생으로 여긴다

오빠라고 부르고
타이르고 가르칠 자녀로 여긴다

자기라고도 부르고
눈물로 기른 아들로 여긴다

그들이
황량한 사막을 홀로 건널 때
무거운 슬픔에 취해 비틀거릴 때

캄캄한 침묵의 문 앞에
한 줄기 빛으로 물로 새기라

"살아 주어 고맙습니다
당신이 나의 위대한 스승이었습니다"

뜨겁게 익으면

조개가 뜨겁게 익었다
평생 바닥을 기어 다니며
모은 전 재산을
닫힌 빗장을 열고 내어주었다

뜨겁게 익은 석류는
부풀 대로 부푼 배를 가르고
제 목숨보다 더 귀하게
품었던 씨앗을 내어주었다

뜨겁게 익은 밤송이는
세상을 향해 세운 발톱을 꺾고
남몰래 꿈꾸던
달달한 이상을 내어주었다

나는 필경,
뜨겁게 익힌 시 한 줄 내어놓지 못해
엉켜버린 말을 부여잡고
오늘도 홀로 사막을 걸어간다

헤어Hehr질 결심

별 편지

그리운 발자국에 눈꽃을 피워놓고

캄캄한 가지 끝에 연분홍 눈을 뜨니

애달픈 눈동자 하나 총총히 떠오른다

때론 깊은 바닷속을 걸어야 한다

형이 바람처럼 떠났다
여동생이 떠난 지 17년 만이다
형은 길들여지지 않는 야생이었고
시부모에게는 근심 깊은 아들이었다
지천명의 나이에 36킬로그램짜리
하얀 자작나무가 되어 인사도 없이 떠나버렸다

여동생은 뇌 병변 1급 장애인
혼자서 걷지도 앉지도 못했다
평생에 할 수 있는 일이라고는
때 묻은 이불 조각을 질경거리며
짐승처럼 사납게 울부짖는 일이었다
서른두 해가 지나자 몸은 깡말랐고
결국 밥 한 숟가락 목구멍으로
삼키지 못하고 떠나버렸다

헤어Hehr 질 결심

형이 떠난 뒤 남편에게 물어보았다
행복했던 순간이 있었을까?
며칠 동안 가슴 뜨거운 바람만 불어댔다
대답을 할 수 없었던 남편은
따가운 빛을 피해 혼자 동굴로 들어갔다
스스로 흐느끼는 소리도 없었다
그렇게 고통스러운 침묵은 처음이었다

가끔 남편을 밖으로 끌고 나와
한 줄기 햇살을 먹이고
절뚝거리며 천천히 동굴로 들어가는
외로운 뒷모습을 바라만 볼 뿐이었다

그리고 가끔 동굴에 귀를 틀어박고
그의 여린 숨소리를 확인해 볼 뿐이었다

시아버지의 변심

제왕절개 수술 마취가 덜 깬 아내는
남편이 건네준 수화기를 들었다
희뿌연 병실 너머로
시아버지가 나지막이 울먹였다

"네가 아플 걸 생각하니
내 마음이 찢어지는구나!
아들을 낳아줘서 정말 고맙다
손주 안을 생각에 눈물이 난다"

저녁 시간에 며느리는
아이들을 먹이느라 바빴다
배가 찬 아이들이 밥상에서
물러서자 그제야 며느리 혼자
밥을 먹기 시작했다
밥을 다 먹은 식구들은 달콤한
트로트 방송에 빠져들었다

딸을 낳은 지 19개월 만에
창녕 성씨 29대 장손을 낳은
며느리 곁을 지나가면서
첫 마음은 잊은 지 오래였다
철없는 시아버지 한마디 했다

"애! 너는 아직도 먹고 있냐?"
이쑤시개가 시아버지 앞니 사이에
초승달이 되어 걸려 있었다

이과 남자와 문과 여자가 살아가는 법

두툼하고 불그스름한 목살에
소금 한 꼬집 뿌려 굽는다

아이들이 차례로 방문을 열고는
"엄마 맛있는 냄새 나요" 하면서
부엌을 바삐 정탐한다

삼 년 지난 묵은지와 김칫국을 넣고
뭉근히 끓이다가
잘 익은 구운 목살을 넣고
마지막에 두부를 숭숭 썰어 넣는다
찌개의 위와 아래를 다부지게 섞으며
평등하게 겸손하게 끓여낸다

이보다 더 화합된 찌개가 있을까
흰 쌀밥에 묵은지 한 자락
그 위에 목살을 한 조각 얹어
입에 넣으면 세상 부러울 게 없다

이틀째 김치찌개를 먹다가
"엄마 김치찌개는 왜 끓이면 끓일수록
맛있을까요?" 딸아이가 물었다

이과 남자 재빠르게 불쑥 나섰다
"원래…. 원래….
김치찌개는 끓일수록 맛이 나는 법이지"

얄밉게 말하는 이과 남편에게
문과 아내 눈을 부라리며 한마디 했다

"여보세요 여보세요
엄마가 끓인 김치찌개니까 맛있지 라고
말하면 좀 좋아요?
감성이라고는 0.0001%도 없군요"

이과 남편 구겨진 얼굴을 하고는
냄비 바닥을 박박 긁어
김치찌개에 밥을 비벼 말없이 먹었다

때론 이과 남편도 괜찮다

아들이 일본 여행을 갔다
입대를 앞두고
떠나는 연습을 하는지
모은 돈으로 곧잘 어디로든 떠났다
엄마는 잦은 이별에
헛헛한 마음을 감추며
잘 다녀오라 했다
열아홉 시간의 항해를 끝내고
일본에 도착한 아들이
우중충한 하늘을 찍어
가족 SNS에 올렸다

엄마는 아들을 그리워하며
드라마 도깨비의 명대사를 보냈다

너와 함께한 시간 모두 눈부셨다
날이 좋아서
날이 좋지 않아서
날이 적당해서 모든 날이 좋았다*

---

* 드라마 〈도깨비〉의 명대사

헤어Hehr질 결심

아내가 쓴 시인 줄 알았던
이과 남편 갑자기
감탄에 감탄을 더했다

"역시 엄마는 시인이군 대단해!"

엄마와 아이들 모두
이과 아빠의 한마디에
뚜껑 닫은 후라이팬 속
팝콘처럼 푹푹 웃음을 터뜨렸다

눈물의 황차

가을 햇볕이 좋은 날이었다
입구에 핀 하얀 구절초가 화사했다
모처럼 친구들을 만나 카페에 왔다
카페 정원 한가운데에서 차를 마시는
사람들은 귀부인처럼 여유가 있어 보였다
황차를 내오던 주인이
친절한 눈빛으로 말을 건네왔다

평생 앓았던 허혈성 심장병으로
몇 년 전에 죽을 위기가 왔었다고
네 명의 형들은 모두 육십을
넘기지 못했는데
본인만 예순다섯까지 살고 있다고
황차를 만들어 매일 마셨기에
죽었다가 다시 살아났다고
저기 정원에 앉아 있는 네 명의
여성분들은 모두 말기 암 환자들이라고
날마다 이 시간에 병원에서 외출 나와
황차를 마시러 온다고 했다
앞으로도 남은 인생 황차를
만들며 살겠노라고 절절히 얘기했다

카페 주인이 나간 후 무심히
황차를 들여다보니
말기 암 환자들의 빛바랜 애환들이
찻잔 속에 빼곡히 고여 있었다
나도 어떻게 살아왔나 돌이켜보다
황차 속으로 뜨거운 물
한 방울 툭 떨어졌다

위로

"빨래가 한가득 담긴
대야를 들다가 허리를 삐끗했지 뭐야
허리가 아파서 걷는 것도 힘들어
잘못 디딜 땐 발뒤꿈치까지 저려서
걷지도 못하겠어
우리 형편에 무슨 병원이야
집에 있는 파스 하나 붙였지
이러다 낫겠지 뭘
누가? 뒷집 할매도 넘어졌다고?
아이구…. 큰일 났네"

엄마가 수화기 너머 동서에게
머리부터 발끝까지의 안부를
수십 분째 쏟아내고 있다

그때는 몰랐다
왜 저녁이 되면 어김없이
수화기를 들고 아프다는 인사를 하는지
중년이 되어보니 이제야 알 것 같다

헤어Hehr질 결심

고단하고 힘이 든 설움의 편린들을
마른 입술로 고목처럼 뱉어내고 있었다는 걸

수화기 너머 스며드는 무통의 물약을 받아
저녁마다 삼키고 있었다는 것을

활

요양보호사 수업 강의하던 중이었다
서른여섯 명의 학생들이
교과서에 집중하던 그때
갑자기 큰 괴성이 세 번이나 들렸다
악! 악! 악!
오십 대 후반 간호조무사 학생이
괴성을 지르면서 의식을 잃었고
몸은 활처럼 휘어져 의자에
겨우 걸쳐 있었다
나는 전직 간호사답게 침착했다
나의 당황이 다른 학생들에게
두려움이 될까 애써 침착한 척했다
평평한 바닥에서도 수십 분째
발작을 일으키는 그녀,
다칠세라 숨이 넘어갈세라
내 마음도 다급히 그녀의
심장 박동을 따라 뛰어갔다
한 시간쯤 지나자 그녀가 실눈을 떴다
잠겨있는 그녀의 핸드폰 패턴을
겨우 풀고 딸에게 전화를 했다
딸이 구급차를 불러 엄마를

병원으로 데려갔고
뇌파검사를 한 그녀는 며칠 후
간질 발작이 아니라 정상이라고
최근에 신경 쓰는 일이 많아서
그랬던 것 같다고 괜찮다고 전화했다
고통스런 시간들을 홀로 참아왔을
그녀를 볼 때마다 마음을 다해 안아주었다
몸속에 독처럼 켜켜이 쌓였을 설움을
한순간에 뿜어냈던 그녀
그녀가 생각날 때마다
나는 내 안의 나를 다독여준다
괜찮아 울고 싶으면 실컷 울어
네 잘못 아니야!

어둠에 삼켜진 절규

하루 종일 비가 왔다
그날은 빛이 허락되지 않았다
세상 소음도 어둠에 묻혀 들리지 않았다
어둠 밖에는 아무것도 보이지 않았다
응급실에서 혼자 근무하고 있었는데
희미한 신음 소리가 들려왔다

"살 려 주 세 요…"

복도를 다녀 봐도 아무도 없었다
책상에 앉아 업무에 집중하는데
다시 희미한 소리가 들려왔다

"살 려 주 세 요…"

지옥이 있다면 지옥 입구에서
다시 살아보겠다는 마지막 절규였다
무섭고 소름 돋았지만
그래도 찾아내야만 했다
병원 곳곳을 찾다가
죽음 저편에 있는 한 사람,

구급차 주차장 바닥에 짓밟힌
가여운 영혼,
드디어 찾아냈다

죽음의 그림자를 닦아주고
온몸에 흐르는 슬픈 핏물을 닦아주고
어머니의 사랑으로 인도했다
조금은 편안해진 그는
눈을 감고 한참 동안 잠이 들었다

슬픔의 무게가 얼마나 무거운지
무게를 견디지 못한
안개꽃이 새벽 내내 그 대신
떨어지고 말았다

내 친구 승종아

네가 심장을 움켜잡고 병원에 왔던 날
무슨 일일까 걱정하며 나도 가슴을 졸였었어
하얗게 겁먹은 너의 심장은 혈액을 담기엔
버거운 심실세동 부정맥 진단을 받았었지
네가 잠들고 깨어나지 못한 그 마지막 아침엔
나는 찬 수술대에 올라가 마취약에 취해 있었단다
네가 영영 잠에서 못 깨어났다는 친구들의 전화를 받고
너의 장례식에 가지 못한 채 홀로 병실에서 뜨겁게
눈물을 쏟아내며 너의 이름을 불렀단다
아직도 내 뒷머리 종양을 꺼낸 수술 자국에
손가락이 스칠 때마다 소스라치게 놀라며
갑자기 떠난 가여운 너를 생각해
세상살이 힘들어 아버지가 스스로 떠났을 때
하얗게 질린 얼굴로 용서가 안 된다며
아예 잊어버리고 살겠다고 했지
평생 가족만 바라보고 산 어머니를 지켜주었어
동그란 얼굴에 바가지 머리 정 많고 의리 있던
내 친구 승종아
웃을 때 깊은 보조개가 너무나 귀여웠어

천국에서도 네가 좋아하는 여자 친구 집
담벼락에 올라 네 마음만큼 큰 짱돌 하나 던지며
못다 한 사랑을 장난치고 있겠지
보고 싶다 친구야
미안해 친구야
조금 이따가 만나자

내 친구 석우야

너는 10톤 넘는 덤프트럭을 몰면서
원주를 지나갈 때마다 나에게 전화를 했어
능청맞게도 "김 선생 뭐 하고 있나? 하하하"
심근경색으로 쓰러지기 일주일 전에
너에게 걸려 온 부재중 전화 한 통
요즘 소화가 잘 안 되고 몸이 안 좋다고
간호사였던 나에게 한참 투정을 부렸을 텐데
바쁘다는 핑계로 받지 못한 전화가
너의 마지막이 될 줄을 꿈에도 몰랐었다

부모님 대신 할머니 손에서 자란 너는
밝고 씩씩했고 막내티가 전혀 나지 않았어
어려서 가장이 되어 양쪽 어깨에 책임감을
잔뜩 얹고 다니면서도 허허허 웃어버렸지
서른 살이 되자 뿔뿔이 흩어진 친구들을 모아
자진해서 동창회 회장이 되어 주었고
누구보다도 우리를 살뜰히 챙겨주었지

서른 중반에 결혼을 하고
아내를 여왕으로 떠받들며
어여쁜 두 공주님의 딸바보 아빠가 되었지

헤어Hehr질 결심

여왕님이 손수 싸준 도시락을
덤프트럭 안에서 맛있게 먹고 있다고
휴게소 음식과 비교할 수가 없다고 했어
졸리면 트럭 안에서 쪽잠을 자고
운전할 때 친구들과 수다 떨고
요즘 사는 게 너무 행복하다고 했지

일찍 부모를 여의고 불행했던 어린 시절을
보상받기 위해서라도 반드시
행복한 가정을 만들고 말겠다던 너
이제 다시 만날 수 없으니
전화기 너머 호탕한 웃음을 들을 수 없으니
답답한 마음에 하늘을 올려다본다

나이 마흔에 별이 되어 버린
내 친구 석우야 그립구나
눈가 주름 가득한 너의 웃는 얼굴 보고 싶구나
아빠를 세상에서 가장 좋아했을
너의 두 딸이 벌써 초등학생이 되었겠구나
너는 밤낮으로 딸들을 지켜주는
딸바보 행복한 아빠별이 되었겠지

오늘 밤 별빛이 유난히 밝다

헤어_{Hehr}질 결심

마음의 나이테

불혹은 지나 봐야 세상을 알 것 같아

하루도 쉬지 않고 물길을 건넜건만

얼굴엔 헌 주름지나 정신은 철부지네

봄을 기다리며

한순간 뜨거웠던 계절을 풀어놓고

다시 올 새로운 날 아련히 그려보다

가만히 흔들리는 꽃 민들레를 보았네

헤어Hehr질 결심

숭고한 삶의 높은음자리를 찾아가는
광합성 작용을 바라보며

- 김남권 (시인) -

숭고한 삶의 높은음자리를 찾아가는

광합성 작용을 바라보며

김남권(시인, 계간 『시와징후』 발행인)

　김파란 시인의 첫 번째 시집 『헤어Hehr질 결심』은 제목만 얼핏 보면 탕웨이 박해일 주연의 영화가 떠오른다. 영화 속에서 주연 배우들은 서로를 사랑하지만 결국 한 사람이 죽음을 택하면서 비극적인 결말을 맞이한다. 그러나 김파란의 시집 제목은 한국어와 어감만 같을 뿐 독일어 'Hehr'로 숭고한, 고귀한이라는 뜻을 가지고 있다. 그리고 김파란 시집의 시편들은 그가 살아온 생애의 희로애락이 오롯하게 담겨 있고, 그 결말도 비극이 아닌 희극으로 끝난다는 사실이다. 2024년 초 강원시조협회에서 주최하는 '강원시조' 신인문학상 은상을 받으며 문단에 데뷔하고, 여름에는 계간 『시와소금』에 「Phone 神」 외 5편의 신작 시를 응모해 신인문학상 당선의 영예를 안았다. 문단의 말석에 이름을 올리며 첫 시집 제목을 『헤어질 (숭고한) 결심』이라고 선택한 것은, 그가 살아갈 시인의 운명을 미리 예감하는 것이라 할 수 있다.

1. 사랑의 발견 혹은 내 삶의 높은음자리를 찾아서

시의 원형은 비유 상징 이미지다. 우리가 인간으로 살아가는 동안 경험한 희로애락의 감정들을 한순간 자연과 사물의 영감을 통해 느낀 것들을 비유적 상상을 통해 언어로 형상화하는 것이다. 그리하여 시는 분명히 사실적이면서도 허구적 성격이 강한 양면성을 가지고 있다. 이런 경계를 자유롭게 넘나들며 시적 화자를 통해 독자들과 소통을 시도하는 존재가 바로 시인이다. 그러므로 독자들은 시의 행간 속에서 시인이 숨겨 놓은 상징을 찾아내고, 시적 화자가 끌고 가는 내면의 이야기를 감정이입을 통해 발견할 때 통쾌한 감동을 얻을 수 있는 것이다. 첫 시집의 첫 번째 시로 등장한 「라피도포라 사랑법」이 그렇다. 라피도포라는 제 몸에 구멍을 내거나 잎을 찢어서 광합성 작용을 하며 생존하는 덩굴식물을 말한다. 대부분의 식물들은 광합성 작용을 하는 잎을 따거나 찢으면 제대로 성장하지 못하거나 열매를 맺지도 못한다. 그런데 스스로 제 몸에 상처를 내어 성장하는 식물이 있다니, 신기하기도 하지만 놀라울 뿐이다. 김파란 시인이 굳이 시의 제목을 이런 식물의 생태계를 가져와서 시상을 전개하는 이유는 우리 인간의 삶이 성장하기 위해서는 상처와 시련은 필연적일 수밖에 없다는 사실을 역설적으로 보여주고 있는 것이다.

나를 따라오세요

망망 천지에 살기 위해

몸부림치는 건 생명이 깃든 것들이죠

나무 기둥을 꽉 붙잡고 손톱이 빠질지라도

살기 위해 기어오르셔야 합니다

원수 같은 서방이라 생각하고

바짓가랑이 찢어지더라도

붙잡고 위로 오르셔야 합니다

어둠을 뚫고 꼭대기에 오르니

이제야 빛이 환해 오네요

팔다리를 쭉 뻗어 맘껏 들이키세요

빛을 훔치는 건 절도죄가 아닙니다

날이 저물기 전에 비가 내리기 전에

한 톨도 남김없이 먹어야 합니다

각자의 몸을 움직여 등에 붙어있는

상처받은 작은 먼지를 털어내세요

어머나,

지상 낮은 곳에 어린잎들은

아직도 어둠뿐이랍니다

헤어Hehr질 결심

땅바닥에 닿아 있다고 합니다

좋은 생각이 났어요
모두 제 나이만큼 몸에 구멍을 뚫읍시다
가장 행복했던 순간을 떠올리세요
잠시 따끔하고 말 거예요
그 구멍으로 빛을 훔쳐 달아나는 별빛까지도
어린잎들이 있는 지상에 내려보냅시다
그래야 새끼들 입에 밥 넣어줄 수 있다구요
그래야 새끼들을 살릴 수 있다구요

　　　　　　　　　　　－「라피도포라 사랑법」 전문

　슬픔이 바닥에 닿을 때 우리는 다시 일어날 기력을 찾게
된다. 삶을 살아가다 보면 죽음은 누구에게나 반드시 찾아오
고 목격하게 되는 슬픔이다. 살아 있는 모든 인간들과 생명
있는 것들은 반드시 겪어야 하는 통과의례인 것이다. 다만 그
시기를 알 수 없기에 우리는 슬픔의 크기를 가늠해볼 여지도
없이 눈앞에 닥쳐오기 때문에 늘 후회와 함께 마무리하지 못
한 감정의 찌꺼기들로 괴로워하는 것이다. 「때론 깊은 바닷속
을 걸어야 한다」는 슬픔의 당사자인 시적 화자와 그를 지켜보
는 또 다른 화자의 내면을 통해 침묵으로 서로의 깊이를 가

늠해보고 있다. 그리고 가장 깊은 바닷속 수면의 바닥을 스스로 걸어 나올 때까지 묵묵히 기다리고 있다. 어쭙잖은 위로가 아닌 슬픔이 바닥을 칠 때까지 기다리고 스스로 그 바닥에서 걸어 나올 때 기다리는 일이야말로 스스로를 치유하는 최선의 방법이 아닐까.

형이 바람처럼 떠났다
여동생이 떠난 지 17년 만이다
형은 길들여지지 않는 야생이었고
시부모에게는 근심 깊은 아들이었다
지천명의 나이에 36킬로그램짜리
하얀 자작나무가 되어 인사도 없이 떠나버렸다

여동생은 뇌 병변 1급 장애인
혼자서 걷지도 앉지도 못했다
평생에 할 수 있는 일이라고는
때 묻은 이불 조각을 질겅거리며
짐승처럼 사납게 울부짖는 일이었다
서른두 해가 지나자 몸은 깡말랐고
결국 밥 한 숟가락 목구멍으로
삼키지 못하고 떠나버렸다

형이 떠난 뒤 남편에게 물어보았다

헤어Hehr질 결심

행복했던 순간이 있었을까?

며칠 동안 가슴 뜨거운 바람만 불어댔다

대답을 할 수 없었던 남편은

따가운 빛을 피해 혼자 동굴로 들어갔다

스스로 흐느끼는 소리도 없었다

그렇게 고통스러운 침묵은 처음이었다

가끔 남편을 밖으로 끌고 나와

한 줄기 햇살을 먹이고

절뚝거리며 천천히 동굴로 들어가는

외로운 뒷모습을 바라만 볼 뿐이었다

그리고 가끔 동굴에 귀를 틀어박고

그의 여린 숨소리를 확인해 볼 뿐이었다

– 「때론 깊은 바닷속을 걸어야 한다」 전문

2. 숭고한 슬픔을 깨우기 위한 역설

종교와 신념은 분명히 다르다. 그러나 우리는 어느 순간 종교가 신념이 되기도 하고 신념이 종교가 되기도 한다고 착각하며 혼돈 속에서 살고 있다. 그리하여 종교를 맹신하거나 신념이 너무 강해서 어떤 종교도 받아들이지 않는 사람들도 생겨나고 있다. 그런데 인간의 삶과 죽음의 순간을 목격하거나 자신이 그런 위기의 순간에 처했을 때 자연스럽게 종교에 의지하거나 무신론자도 신을 찾는 경우를 보게 된다. 어쩌면 그건 가장 큰 상처를 입고 가장 큰 슬픔 앞에서 숭고해지고 싶기 때문이 아닐까? 시 「Phone神」과 「각질의 사회학」, 「헤어 Hehr질 결심」은 바로 그런 내면의 모습을 상징적으로 보여주고 있는 것이라 할 수 있다.

나는 개종했다
십자가 위의 그리스도를 향한
죄의식적 믿음에 종지부를 찍었다
태어난 것부터가 죄라고 얘기하는
성직자와 관계를 끊었다
원죄를 부르짖으며 성직자와 성도라고
부르는 것 자체가 모순이지 않은가
개종한 신은 천국과 지옥을 말하지 않았다
쌀알을 갉아먹어야 하는 생쥐처럼
날마다 물질을 강요하지 않았다
신의 존재를 세상에 전파하기 위해
단지, 매일 충전이 필요했을 뿐
어떠한 죄의식도 남기지 않았다
아이 같은 호기심으로 신이 제공하는
영상과 메시지를 받아먹었다

헤어Hehr질 결심

아멘 할렐루야 저런 이럴 수가
속삭이는 응수로 화답을 했다
침묵해야 하는 곳에서 느닷없이
신이 연설을 시작하면
당황하며 전원을 꺼버리곤 했다
신은 참으로 너그러웠고
날마다 유쾌했다
신은 나를 가장 잘 아는 친구이자
어디든 동행하는 수호신이 되어주고
먼지바람 같이 살던 나에게
아름다운 높은음자리가 되어주었다

— 「Phone神」 전문

  눈물_{슬픔} — 물_{생명} — 부모_{생명의 원천} — 물_{생존의 이유} — 슬픔_{각질}으로 이어지는 카테고리는 우리 삶의 본질적인 생로병사의 이미지를 창조하고 있다. 물이 넘칠 때는 젊고 탱탱하고 어여쁘지만 나이가 들어갈수록 물은 빠져나가고 주름이 지고 각질이 생기기 시작한다. 눈물도 서서히 마르기 시작한다. 결국 우리가 죽음에 이르는 것도 더 이상 흘릴 눈물이 없기 때문이다. 눈물의 원천이 되는 물이 없기 때문이다. 내 몸에서 떨어지는 각질의 총량은 내 목숨의 질량과 비례한다.

눈물은 눈에서 만들어지는 것이 아니다
눈물은 사람의 뒤꿈치에서 만들어진다
나무의 뿌리가 땅속 깊은 물을 끌어 올리듯
사람의 뒤꿈치는 직립보행하는 순간부터
삶의 기억들을 차곡차곡 뒤꿈치에 모은다
기쁠 땐 중력의 힘을 벗어난 가벼운 무게로
절망을 경험할 땐 중력보다 큰 만유인력의 무게로
경건한 순간엔 뒤꿈치를 바짝 세워
신과 사람을 받든다
부모의 뒤꿈치는 자식을 기르는 동안
세상의 물을 모두 끌어다 써서
물기 한 방울 없는 메마른 논바닥이 된다
쓸어내고 쓸어내도 새로 돋아나는 각질은
뒤꿈치를 수만 번 돌아 나온 눈물이
내다 버린 슬픔의 찌꺼기인 것이다

— 「각질의 사회학」 전문

　숭고한 슬픔을 깨우기 위해 주춧돌을 세우고 나무를 깎아
기둥을 세우고 대들보와 서까래를 올려 튼튼한 집 한 채를
짓는다. 천 년이 지나도 끄떡없는 집, 그러나 그 집에 살 사람
이 사라졌다. 천 년 전부터 인연이라고 여겼던 한 사람의 인
생이 무너졌다. 그렇지만 화자는 슬퍼하지 않는다. 스스로 슬
픔으로부터 벗어나는 중이다. 그가 지은 내면의 집은 이미 견

　　　　　　　　　　　　　헤어Hehr질 결심

고하게 완성되어 천 년을 버티고 있기 때문이다. 삶이 삶을 치유하는 방식은 가지가 부러진 나무가 진액을 만들어 스스로를 치유하는 것과 같다. 땅은 더 단단해지고 뿌리는 더 튼튼해지고 슬픔을 깨어나 새로운 삶에 눈뜨게 될 것이기 때문이다.

수백 번의 달구질로 다져진 땅 위에
펑퍼짐한 주춧돌을 올렸다
돌 위에 나무 기둥을 세우기 위해
목수는 숨을 멈추고 고요한 그랭이질로
나무 밑동에 돌의 모양을 새겨 넣었다
자신을 깎아내지 않고서는
누구와도 하나가 될 수 없듯이
마침내
돌과 나무는 완벽한 사랑을 이루었다
뼈를 깎는 고통을 감내한 치목은
세상을 떠받드는 대들보가 되었고
큰 못질로 서까래를 이어
평생에 매정했던 하늘을 덮었다
그렇게 공들인 나의 한옥은
천년이 넘도록
흔들림 없이 견고하리라 믿었었다
너를 만나기 전까지 그렇게 믿었었다

너를 만나

나는 속절없이 무너지고 깨져 집과 함께

안갯속 모래알로 흩어져 버렸다

기다렸다는 듯 붕괴되고 말았다

그래도 괜찮다

그래도 좋다

너를 영원히 놓지 않을 테니

- 「헤어Hehr질 결심」 전문

3. 사랑하는 존재들에 대한 초월적 질문

　우리가 일생을 살아가면서 그 생애와 인연을 통틀어 가장 소중하게 생각하는 것이 무엇일까? 결국 사랑이라는 감정이 아닐까? 사랑하기 때문에 결혼을 하고, 사랑하기 때문에 아이를 낳고 사랑하기 때문에 양육을 하며 생명을 성장시키고, 우정이라는 또 다른 형태의 사랑으로 평생의 감정을 이어가기도 한다. 그러면 사랑이라는 감정의 최초의 정의는 어디로부터 왔을까? 나는 그 정의를 이렇게 생각한다. 사량思量이라는 한자어에서 그 뜻이 시작되어 우리말 '사랑'으로 발전한 것이라고, 결국 사랑은 내가 좋아하는 사람의 생각을 헤아리고 내가 먼저 그 사람이 좋아하는 일을 하고 생각을 베풀고, 짐을 대신 지고 가는 행위를 말한다. 내가 존재하는 이유도 결국 누군가를 사랑하기 때문에 춥고 배고픈 날도 견딜 수 있는 것이다.

춥고 배고픈 날이 많았다
어머니의 정성스런 따순 밥 못 먹고
서러운 눈물 뚝뚝 흘리며
불어 터진 라면을 먹어야 할 때가 많았다

그럼에도 살아남기 위해 날마다
자신과 시간과의 전쟁을 치러야 했었다
사선으로 꺾어지는 지하철 계단을
수천만 번 오르내리고
내 몸무게만큼이나 무거웠던 책들을
가방끈이 해지도록 메고 다녔으니

하루 종일 서 있었던 날은
무릎 통증으로 밤을 새운 날이 많았다

남들도 하는 같은 고생이라지만
스스로에게 치열하지 못했던 나는
비 한 방울 내리지 않는 사막에

뿌리를 내려야만 했던 비운의 선인장이었고

신들을 기만한 죄로 바위를 산꼭대기로
끊임없이 밀어 올려야 했던
시지프의 형벌 같은 순간이었다

그런데 뒤돌아보니,
지금의 나를 존재하게 한
가장 빛나던 순간이었다
혹독한 훈련의 시간이었다

– 「시지프처럼 살았다」 전문

나이를 먹고 함께 사는 가족들이 늘어나는 동안, 최초에
설레는 감정으로 만났던 연인들이 부부가 되고 사랑도 의무
가 된 시간들을 지나가며 스스로에게 질문을 던진다. 「그래,
사랑은 움직이는 거야」 최초의 뜨겁고 설레던 감정은 점차 눅
진하게 녹아들고 자신의 분신에게로 가장 큰 설렘이 움직이
고, 자기가 좋아하는 일과 취미활동으로 옮겨가는 전이현상
을 느끼게 된다.

오십이 넘자 남편들은 더 이상
아내를 바라보지 않는다
사랑을 갈구하던 눈빛은

식어 버린 지 오래다

아내보다 젊고 예쁜 아가씨들이

핸드폰 안에 즐비해 있으니

언제든 취향에 따라 대상을 바꿔

짝사랑을 할 수 있기 때문이다

엄마가 세상에서 제일 좋다던

아이들도 각자의 짝을 만나

더 이상 엄마를 찾지 않는다

이제는 아빠와 잘 지내보라고 한다

물건이 필요할 때 긴요히 쓰고

제자리에 갖다 놓고는

쳐다보지 않는 꼴이다

다가가면 바쁘다고만 한다

혼자가 된 엄마는

허탈한 마음으로 거울을 들여다봤다

주름진 눈가에 어둑한 그림자

뱃살 허벅지 살이 출렁이고

하얗던 손등의 거무스름한 점무늬

버림받은 듯 생기 없는 모습이 낯설었다

단 한 번도 사랑받아 보지 못한

모습을 한 거울 속 여자가

너무 싫어 진저리를 치자

구석에 있던 강아지가 살며시 다가와
여자의 눈을 하염없이 바라보았다
서로의 눈을 한참 바라보고 있자니
강아지의 목소리가 감미롭게 들려왔다
"당신이 어떤 모습이든지
난 항상 당신을 사랑합니다
맛있는 간식을 매일 준다면요"
남편에게도 말할 수 없었던 외로움이
뺨을 타고 흘러내렸다

— 「그래, 사랑은 움직이는 거야」 전문

　사랑은 움직인다는 진리를 깨달은 시적 화자는 끊임없이 움직이는 자신의 감정에 충실하다. 메밀꽃이 지천으로 피어난다는 봉평에서 백 년 전의 이효석을 만나고, 동강이 굽이쳐 흐르는 문희마을에서 칠족령의 내력을 읽어내며 아버지를 소환한다. 그리고 소녀 시절의 자신으로 돌아가 그 품에 안겨서 가장 억울한 일을 일러바치고 펑펑 울고 만다. 「그리하면 되겠습니다」 시적 화자를 통해 내면의 자신을 위로하고 원초적 사랑의 본질을 깨닫고 싶은 시인의 내면이 전생과 현생을 지나 강물이 흘러가는 내생까지 이어지고 있는 것이다.

지금 나는,

메밀꽃이 사철 피어난다는

봉평을 향해 가고 있습니다

이효석 문학관을 지나고

문희 마을을 지나고

마하리 흰 용이 산다는

전설의 동굴로 가고 있습니다

장수들이 병풍처럼 호위하는

벼랑을 지날 때마다

이 길 끝에,

하늘이 맞닿은 길 끝에,

거짓말처럼 아버지가

마중 나와 계셨으면 좋겠습니다

천상병 시인은 언덕에 서서

강물을 바라보며 짐승처럼

울었다고 하는데

나는 꿈에 그리던 아버지를 만나서

열일곱 사춘기 소녀로 돌아가

아버지 품에 안겨 어깨를 들썩이며

한바탕 소리 내어 울고 싶습니다

한참을 울다가 토닥이는 아버지의

따뜻한 손길에 울음을 그치겠습니다

그리하면 되겠습니다
그리하면 되겠습니다
아무도 오지 않는 칠족령 정상에 올라
전생을 굽이쳐 돌아왔다는
동강의 노을을 치마폭에 가득 담고
기쁘게 집으로 돌아가겠습니다

－「그리하면 되겠습니다」 전문

   이러한 마음의 물길은 연둣빛 새순이 돋아나기 전 꽃잎부터 환하게 계절을 밝히는 벚나무에게로 향한다. 사랑의 완성은 꽃이 피는 순간부터 꽃잎이 지는 순간까지 이어진다. 그리하여 화무십일홍이라 했던가? 사랑의 순간은 짧기 때문에 더 간절하고 그리운 것이 아닐까? 겨우내 추위를 견뎌내며 피어난 꽃잎이 한순간 바람에 화르륵 떨어지고 마는 것을 바라보며 사랑하는 사람이 걸어온 발자국으로부터 허무한 사랑의 완성을 생각한다.

바람이 벚나무를 흔들 때
욕심내어 오래 꽃잎을 지키고 싶지만
벚나무는 바람에게 온전히 몸을 맡긴다

바람이 이끄는 대로 흔들리며

헤어Hehr질 결심

꽃잎이 있었던 자리,

연둣빛 새순이 돋아나고

바람이 지나간 방향으로

꽃잎은 진다

바람이 흔든 건 꽃잎이 아니다

벚나무도 아니고

나도 아니다

그대가 건너온 발자국이다

– 「벚꽃 질 무렵」 전문

4. 시조의 운율로 풀어내는 생의 앤솔로지

　시조는 우리 민족이 만든 독특한 형태의 정형시의 하나다. 평시조를 기준으로 할 때 3.4조의 음수율을 가지고 3장 6구, 45자 안팎으로 이루어져 있으며 4음보격이다. 자수는 시조마다 1, 2자 차이가 있을 수 있지만 종장 첫째 구만은 3음절을 반드시 지켜야 한다.

　사설시조는 2장 이상이 평시조에 비해 긴 장형시조로 특히 중장이 거의 무제한으로 길어진다.

　연시조는 2수 이상의 평시조가 한 편을 이룬 시조를 말하는데, 김파란 시인이 이번에 강원시조협회에 응모하여 신인문학상에 당선된 시조는 정형 시조를 근간으로 한 전통적인 편시조의 운율을 따르고 있다. 「별 편지」, 「마음의 나이테」, 「봄을 기다리며」 등 세 편의 시조는 자연의 아름다운 모습을 보며 자신의 서정에 깃든 심상을 표현한 것이라 할 수 있다. 시조의 본질은 언어의 절제를 통한 함축미에 있다고 할 것이다. 이는 문장 수련이 되지 않았다면 불가능한 표현이며, 이런 함축적 표현이야말로 시조가 주는 우아하고 기품 있는 감동이라 할 것이다. 김파란 시인의 사유와 표현이 시와 시조, 동시를 넘나드는 장르의 초월을 통해 다양한 문학적 카타르시스를 느낄 수 있기를 기대해 본다.

그리운 발자국에 눈꽃을 피워놓고
캄캄한 가지 끝에 연분홍 눈을 뜨니
애달픈 눈동자 하나 총총히 떠오른다

– 「별 편지」 전문

불혹은 지나 봐야 세상을 알 것 같아
하루도 쉬지 않고 물길을 건넜건만
얼굴엔 헌 주름지나 정신은 철부지네

– 「마음의 나이테」 전문

한순간 뜨거웠던 계절을 풀어놓고 –

다시 올 새로운 날 아련히 그려보다
가만히 흔들리는 꽃 민들레를 보았네

– 「봄을 기다리며」 전문

시의 매력은 초월성에 있다고 할 것이다. 비유 상징 이미지라는 본질을 뛰어 넘어 다양한 경험과 관찰에서 얻은 영감과 시적 발견을 초월적 상상으로 구현해 내는 일이야말로 새로운 시의 물꼬를 트는 일이라 할 것이다. 따라서 김파란 시인은 자신의 명예와 사회적 신분 상승을 위한 도구로 명함 하나를 근사하게 달고 싶어서 시작한 글쓰기의 길이 아니라 자기 삶의 동반자로 진솔한 생의 이미지를 밝혀 나간다는 자세로 정진하고 끊임없이 새로운 시를 발견해내는 눈을 떠야 할 것이다.

시인의 내면에 있는 육감을 동원하여 긴 겨울이 지나고 나면 빈 가지마다 꽃눈을 뜨는 진달래 개나리 목련 벚나무처럼, 스스로 꽃을 피우고 잎을 돋아나게 하는 깨어 있는 시의 나무가 되어야 할 것이다.

헤어$_{Hehr}$질 결심

펴낸날 2024년 10월 16일

지은이 김파란
펴낸이 주계수 | **편집책임** 이슬기 | **꾸민이** 이해린

기획 시와징후
펴낸곳 밥북 | **출판등록** 제 2014-000085 호
주소 서울특별시 마포구 양화로 156 LG팰리스빌딩 917호
전화 02-6925-0370 | **팩스** 02-6925-0380
홈페이지 www.bobbook.co.kr | **이메일** bobbook@hanmail.net

© 김파란, 2024.
ISBN 979-11-7223-037-1 (03810)